THE WIND

贺靖杰 诗词作品选

贺靖杰 著

山西出版传媒集团
山西人民出版社

图书在版编目（ＣＩＰ）数据

高风：贺靖杰诗词作品选 / 贺靖杰著. -- 太原：山西人民出版社，2019.11

ISBN 978-7-203-11146-7

Ⅰ.①高… Ⅱ.①贺… Ⅲ ①诗词—作品集—中国—当代 Ⅳ.①I227

中国版本图书馆CIP数据核字(2019)第250401号

高风：贺靖杰诗词作品选

著　　者：	贺靖杰
责任编辑：	张小芳
复　　审：	吕绘元
终　　审：	阎卫斌
装帧设计：	田　龙　闫俏宇
出 版 者：	山西出版传媒集团·山西人民出版社
地　　址：	太原市建设南路21号
邮　　编：	030012
发行营销：	0351-4922220　4955996　4956039　4922127（传真）
天猫官网：	https://sxrmcbs.tmall.com　电话：0351-4922159
E-mail：	sxskcb@163.com　发行部
	sxskcb@126.com　总编室
网　　址：	www.sxskcb.com
经 销 者：	山西出版传媒集团·山西人民出版社
承 印 厂：	山西基因包装印刷科技股份有限公司
开　　本：	787mm×1092mm　1/16
印　　张：	10
字　　数：	100千字
印　　数：	1—1000册
版　　次：	2019年11月　第1版
印　　次：	2019年11月　第1次印刷
书　　号：	ISBN 978-7-203-11146-7
定　　价：	69.00元

如有印装质量问题请与本社联系调换

与诗歌一起成长

诗歌,就像人类的精神食粮。每个民族都有自己的经典,能够融入国民的血液中,成为民族精神传统,犹如《离骚》和《诗经》之于中国文化,《荷马史诗》对于欧洲文化的影响。在这个被物质几乎消解殆尽的时代里,一句诗的力量,有时大过整个世界的喧嚣。少年诗人用热爱自由的心、用火热的激情、用执着的信念、用独立的思考,与诗歌一起成长,积蓄了热爱生命、守护理想、创造未来的力量,用心血和智慧集结成了诗集《高风》。

欣赏本诗集,我认为可从以下三方面入手:

一是随着作者年少独特的眼光,去认真地观察世界,主动发现大自然的美。大自然造化天成,诗中有画,意境如同访僧问道,会融合出山水的妙意,就像他的《望春》:"千苍万郁凝诗篇,雀舞欢歌意相连。"《沙坡古道行》:"岭高丘广草木哀,长曲黄途复古苔。半卷微风不识趣,直驱闲散谷中来。"则是让人感到苍凉秋意中,漫步古道,探寻的是历史,对话的是前人,收获的是深邃。

二是随着作者在不羁奔放中,热烈地讴歌生命,体会自由成长的快乐。诗歌的语言是华丽外衣,气势是诗歌的内在张力。《天眼》中的"一视苍天寄海歌",气势就能够打开想象的外延;

《凤凰吟》中的"寒春七里风凌野",气势具备扫空万物的意态;而《登峰》可以说是气势的喷发,"环居万首苍,无雨自清凉。傲举临千里,河山贯海疆"。峰之孤高,自成境界;人之旷远,自有天地。

三是随着作者独立自主地思考,在社会实践中,总结人生的规律。十八般武艺只是百花盛开,诗歌意境的追求才是最后的善果。真情萌发出来的是佳作,《游故地叹》:"日暮沉山火羽翩,十年风广雨天连。旧时醉有千重忆,一静惶知散月边。"不由人想起,"桃李春风一杯酒,江湖夜雨十年灯"。虽然还没有经历世事沧桑,但成长的烦恼,成长的得与失,都能够从诗中传递出。每一个人的成长经历不同,每一个人的成长经历又很相同,这正是诗的魅力。醉中的千重忆,如同漫天雨丝,挥之不去,真要静下来想的时候,却散于月边,可谓"此时无声胜有声"。

诗歌是一条河流,终会奔向大海。撷取诗歌的浪花,汇成自己的小溪,拥有一份热情,拥有一份坚强,拥有一份自信,终会汇聚成改变世界的磅礴力量。

是为序。

北京市第八十中学校长
二零一九年十一月七日于北京

序

古典诗词是中国传统文化艺术的瑰宝，近年来，随着人们经济水平的提高，民族自信心的增强，有越来越多的青少年不满足于阅读、欣赏中国古典诗词，而是更进一步，尝试着学习、创作古体诗词。不仅各大院校中文系的学生组织了许多以古典诗词创作为主的诗社，中学生甚至小学高年级生中也涌现出了一些古典诗词创作者。这是一个十分喜人的文艺现象。本书作者贺靖杰同学，虽然只有17岁，才是一个高二生，但他从初一开始创作古体诗词，一直持续到现在，目前共创作了100首左右。虽然数量不算很多，但是考虑到作为一名中学生还有繁重的学习任务，能够持之以恒，笔耕不辍，其精神也是可嘉的。

在拜读这本诗词选后，我发现靖杰的作品有这样几个特点：

一、靖杰的作品尤其是五七言诗，皆为绝句，大多篇幅短小，较少用典，语言平易。在南朝齐梁之际，文坛领袖沈约曾经提出著名的为文"三易说"："文章当以三易：易见事，一也；易识字，二也；易读诵，三也。"（《颜氏家训·文章》）对于革除宋诗的排偶板滞、僻涩晦奥之弊，从而形成齐梁新体诗的清省风格有很大意义的。后来的盛唐诗歌之所以能够深受后人之喜爱，其中一个重要原因也是语言清新流美，朗朗上口。靖杰的小诗没有故作高雅，亦无典丽之辞，能"以我手写我口"，是一种好的诗风。

二、靖杰能够以活泼的语言，写出他在生活中发现的有趣场景，角度新，想象奇。如他写黄河壶口瀑布之壮观奇丽，说天神下望后都要吓怕了："神渡携云下望愁"、"亦驭惊魂令鬼泣"（《壶口》）。再如，他在《河镜》诗中写河水一平如镜，倒映青天云影"独云戏水鲤游河"，写景如画，复饶清趣。我想靖杰的这种写法，与宋代诗人杨万里追求谐趣、幽默的"诚斋体"是相近的。

三、南宋词人辛弃疾曾谓"少年不识愁滋味"、"为赋新词强说愁"（《丑奴儿·书博山道中壁》），但是靖杰有几首作品抒发愁思、烦忧，较真挚、感人。如《悲思》云："思悲不见大山皑，茫广云烟雪里来。"悲愁弥漫天地之间，茫茫苍苍，无穷无尽。再如写夏日因为暑热而产生的烦躁心情，也很真实："晚城稀尽遥孤路，蝉语声烦惑乱心。"（《烦暑》）

当然，靖杰的作品语言也还很稚嫩，遣词造句不够圆转流畅，时有生涩之感。另外，在写法上稍显单调，大多直接白描，而含蓄不够。所以，需要多读唐宋名家的佳作，在涵咏之中体会诗意、诗境，丰富艺术手法。

如果靖杰真心热爱古体诗词创作，又能够广泛汲取唐宋名家的优秀表现艺术，其创作定会更上层楼的。

是为序。

杜晓勤

北京大学中文系教授
二零一九年九月五日

PREFACE

Classical poetry is treasured in Chinese traditional culture and art. In recent years, with the economy development and the enhancement of national self-confidence, more and more teenagers are not satisfied with reading and appreciating Chinese classical poems, so they go further, trying to learn and create ancient-styled poems. Not only colleges and universities students majoring in Chinese literature have organized many poetry clubs mainly involved in the creation of classical poems, but also some classical poetry creators have emerged among middle school students and even high-grade pupils, which is a very pleasing literary phenomenon. The author of this book, He Jingjie, is only 17 years old and a high school junior who started to write ancient-styled poems in the first year of junior high school and has been writing about 100 poems till now. Though small in quantities, he's spirit of perseverance is laudable, considering that he has arduous study tasks as a middle school student.

After reading the selected poems, I found his works have the following characteristics:

Frist, Jingjie's works, especially five-character and sevencharacter poems, are all quatrains, most of which are short, less allusive and easy language. During the time of Qi and Liang of the Southern Dynasties, Shen Yue, as the literary arena leader then, had proposed the famous "three easy" theory: "When you write an article, you can follow the three easy: easy to say things; easy to read; easy to read catchy." (Family Instruction of the Yan's Articles) It is of great significance to get rid of stiff parallelism in Song poetry, avoid the disadvantage of obscure language and form the new style poetry of Qi and Liang Dynasties which is characterized by its terseness in language. One of the most important reasons why poems in the high Tang Dynasty period can be loved by later generations is that the language is fresh, beautiful and catchy. Jingjie's small poems are not so refined and rhetoric, but he is able to "express his thought through his writing", which is a good poetry style.

Second, Jingjie can write interesting scenes he found in life from a new angle with lively language and fancy imagination. Such as when he wrote about the spectacular Hukou waterfall of the Yellow River, he said that even gods were frightened when they looked down at the waterfall: "Upon clouds, the gods feel panic when they give it a glance", "It also frighten souls and makes ghosts cry" (Hukou). In another poem River Mirror, he wrote that blue sky with clouds reflected on the mirror of a peaceful river: "Lonely clouds are playing with the water and carps are swimming in the river", a picturesque scenery with delicate interest and charm. I think that this writing style of Jingjie's is similar to that of Yang Wanli, a famous Song Dynasty poet, who pursued a humorous Chengzhai Style.

Third, as a well-known poet of Southern Song Dynasty, Xin Qiji wrote that "In my younger days, I had tasted only gladness", "To write a song pretending sadness" (Song of Ugly Slave·Written on the Wall of Shubo Mountain Path), but Jingjie has several works to express feelings of sadness, sorrow and upset that are very sincere and moving. like Sadness reading: "In a sad mood, snow-covered peaks are too far away to see, and vast clouds and heavy snow bringing the sadness." Sorrow permeate everywhere between heaven and earth that the feeling is boundless and endless. As another example, he well presented the irritable mood caused by summer heat. "The city streets at night become desolate with fewer and fewer people outside, while the cry of cicadas upsets restless hearts."(Upset Heat)

Of course, with the character of immature language, lacking fluency in sentence pattern and simple and straightforward style of writing, Jingjie needs to read more masterpieces of notable poets of Tang and Song Dynasties, by repeatedly chanting, to experience poetic, appreciate poetry-conception and learn varied artistic techniques.

If Jingjie truly loves the creation of ancient-styled poems and can be able to absorb a wide range of excellent expressive arts, his will be to the next level of writing.

This is a preface to more detailed works.

Du Xiaoqin

Professor, Department of Chinese, Peking University

September 5, 2019

目 录

望春……………………………………003
夜………………………………………005
风………………………………………007
夜巡园…………………………………008
清明雨游（一）………………………011
天眼……………………………………013
烦暑……………………………………014
启春阁记………………………………017
日璜……………………………………019
山西……………………………………021
折虬……………………………………023
游故地叹………………………………025
百花秋游………………………………027
峰高……………………………………029
阳水秋题………………………………031
八月十五夜（一）……………………033
梦东楼…………………………………034
幻云……………………………………037

篇目	页码
鲈鱼肥	039
忆祖父	041
小题京都	042
返故园	045
沙坡古道行	047
夏辉	049
端午时暮题汾河	050
港岛夜	053
长城	055
仙语	057
方阙	058
八月十五夜（二）	060
落日图	063
林记	065
临行	067
壶口	069
秋日	071
枣庄村游	072
酒歌	075
悲思	076
晚春游记	078
观槐	081
落叶	083
驾天梁	085
桃园	087
龙岭	088

游岭	091
冬	093
易西	094
沉烛	097
清明雨游（二）	098
小园田栖	101
署苏	102
春岸	105
黄水记	107
离恒	109
安徽游记	110
观雪	113
京郊游	115
登启春阁	117
清明雨游（四）	119
烟火云	121
赏春	122
凤凰吟	125
戏月歌	127
杏林小游	129
河镜	131
港岛游	133
春融	135
高风	137
登峰	139
龙巅	141

诗是强烈感情的自然流露，它源于宁静中积累起来的情感。

——威廉·华兹华斯

THE WIND 003

望春

作者：贺靖杰
朗诵：赵忠祥

千苍万郁凝诗篇，
雀舞欢歌意相连。
朝望窗前青漫眼，
明年三月飞花芊。

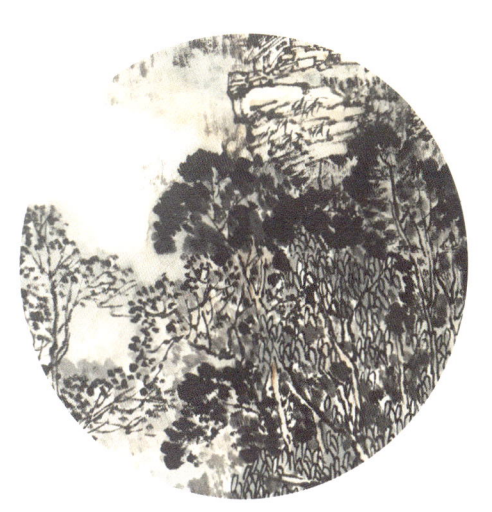

THE WIND 005

夜

作者：贺靖杰
朗诵：温玉娟

银黄朦雾浅，
风气染喧绵。
三万灯明市，
繁声梦烛涟。

THE WIND 007

风

作者：贺靖杰
朗诵：敬一丹

凌风闪啸动黄岗，
暴水苍临洗旧廊。
舞织转连天野暗，
不知两物本无常。

夜巡园

作者：贺靖杰
朗诵：杨　柳

夜旅湖堤环水漩，
数灯临镜倒如莲。
若看墨雾冠何景？
正反楼城藏月渊。

THE WIND 009

清明雨游（一）

作者：贺靖杰
朗诵：蒋　伟

草里奇兰树曲幽，
金丝初乍白芳留。
莫叹时遇清明雨，
换得花桃落华稠。

天眼

作者：贺靖杰
朗诵：唐　宋

倒转天途火化河，
悬锋落起焰云波。
横开金缕罗人道，
一视苍天寄海歌。

烦暑

作者：贺靖杰
朗诵：郑瑞霞

雾海风波贯涌荫，
愁芳黯道远灯临。
晚城稀尽遥孤路，
蝉语声烦惑乱心。

启春阁记

作者：贺靖杰
朗诵：马 黎

春启楼高听冷清，
惊闻鸟雀三声鸣。
眺望远去千川里，
山重连烟景雨盈。

日璜

作者：贺靖杰
朗诵：李　然

金虹流闪逆天光，
飞鸟环衡绕翠梁。
北拂风烟青染玉，
始开万色比仙泱。

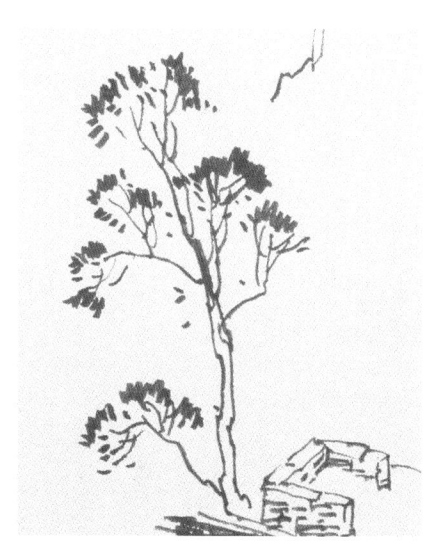

THE WIND 021

山西

作者：贺靖杰
朗诵：磊 明

雾卷虹霓欲漫天，
万华射破分云弦。
山西似隐金龙市，
俯照无忧半指田。

折虬

作者：贺靖杰
朗诵：贾宏生

曲脉独岩前，
钢枝叶系天。
不望空际尽，
难觉宙无边。

游故地叹

作者:贺靖杰
朗诵:李仓卯

日暮沉山火羽翩,
十年风广雨天连。
旧时醉有千重忆,
一静惶知散月边。

百花秋游

作者：贺靖杰
朗诵：杜　桥

风远崎山寄旧尘，
高空天谷叶穷珍。
翠雕黄磔奇丰丽，
迷宿烟花哑语陈。

峰高

作者：贺靖杰
朗诵：王学玮

峰高突地坠天沉，
万绿侵连草木深。
林密丛罗禽鸟卧，
拔然古树竟峦岑。

阳水秋题

作者:贺靖杰
朗诵:香 香

草绿三秋夹雪风,

小园幽旷败桃红。

登峰贯顶临天尽,

唯有朝阳拒霓虹。

八月十五夜（一）

作者：贺靖杰
朗诵：赵忠祥

紫琉夜幕嵌荧珠，
万里华光万里殊。
自古人间多变化，
同瞻此月共襄福。

梦东楼

作者：贺靖杰
朗诵：温玉娟

　　缠离相间合，乎复梦东楼。千层万丈倾危阁，只转摇何变履东。卷复机之穷水翠，道星云赐白湖空。有共于游意，而难盼所求。转无也，好似雾隆。

　　行者幻盛明，夫观凝唏宏。望宗浮苦难思及，虚默几从惧骇声。奔嘱跨难求一语，灰蒙蔽尽现金笙。受回黎巷雨，变化醒行程。惊疑时，觉此仙穹。

幻云

作者:贺靖杰
朗诵:詹 泽

朝白云东落九关,
舞龙绕海雾烟环。
万层楼耸扶虚霓,
得意音情不惜还。

鲈鱼肥

作者：贺靖杰
朗诵：杨　柳

五月花繁锦彩飞，
半烧鲈脍品甘肥。
柔云灵水差难比，
闲隙难寻舌间菲。

忆祖父

作者: 贺靖杰
朗诵: 唐 宋

刨尺精雕班艺后,
寒衫黄土岭中人。
技高化腐为仙鸟,
德美温谦九曲神。

小题京都

作者：贺靖杰
朗诵：马 黎

筝琴院落巧京宫，
月影青雕凝雀朦。
阙暗楼零孤黑夜，
朽凋金华淡林风。

返故园

作者:贺靖杰
朗诵:李 然

草青石锈雨斑低,
乍似前堂荒年题。
长道久离多水雨,
苦叹笑吆欲何迷。

沙坡古道行

作者：贺靖杰
朗诵：磊　明

岭高丘广草木衰，
长曲黄途复古苔。
半卷微风不识趣，
直驱闲散谷中来。

048　贺靖杰诗词作品选

夏辉

作者: 贺靖杰
朗诵: 贾宏生

辉洒欣金万木生,
露丰泥湿气居横。
日泉涌夕时不比,
常把残槐作荫棚。

端午时暮题汾河

作者：贺靖杰
朗诵：李仓卯

日倾旷水碎金延，
风拂崖西草冠翩。
可爱鲤浮轻纵跃，
如灵水墨画穹仙。

港岛夜

作者：贺靖杰
朗诵：杜 桥

山拔黑尘渊，
楼重亮闪延。
千灯霓幻巷，
雾海醉人烟。

长城

作者：贺靖杰
朗诵：王学玮

城曲哑千方，
灰芒绝翠扬。
日晴风广肃，
望尽赤黄岗。

仙语

作者：贺靖杰
朗诵：杨　柳

天霁苍悬一指破，
云翻舞起醉鸿蒙。
落霖惋叹倾千雨，
倒落沧河化碧澄。

方阙

作者：贺靖杰
朗诵：詹 泽

雷裂青霄雨幕愁，
引风山动欲迁悠。
白灵弹手天人寂，
敢问鸿蒙断取留。

八月十五夜（二）

作者：贺靖杰
朗诵：唐　宋

灯萤烛闪万星盈，
云寂风栖听梵声。
千里山河人尽望，
盼和圆美久情生。

落日图

作者：贺靖杰
朗诵：李　然

舞墨黄纱危若悬，
云崩天变万枯颠。
君如黑玉连山野，
何取风清挽急旋。

林记

作者：贺靖杰
朗诵：磊　明

峰起高低隐浩心，
百阡分涌万重林。
净泉波转翻千绿，
一入仙潭寂没音。

临行

作者:贺靖杰
朗诵:贾宏生

折杖拾来赋志多,
路疏重试通天河。
复飞莫叹行难累,
返驾朝阳闻凯歌。

壶口

作者：贺靖杰
朗诵：李仓卯

开天自古向东流，
神渡携云下望愁。
亦驭惊魂令鬼泣，
何人闻啸驾其舟。

秋日

作者：贺靖杰
朗诵：杜 桥

冰驳轻霄月暗芒，
清风稀雨淡秋霜。
千方圆美人初醉，
临厉弥悲唤翠秧。

枣庄村游

作者：贺靖杰
朗诵：王学玮

辰兴露沾花，
云茫望酒家。
苔痕听草木，
苍芥立天霞。

酒歌

作者：贺靖杰
朗诵：杨　柳

仙冰玉水歌，

入口化清河。

古窖藏珍酒，

经连几岁柯。

悲思

作者：贺靖杰
朗诵：詹　泽

思悲不见大山皑，
茫广云烟雪里来。
三尺黄沙飞霁羽，
盼桃望岳梦徘徊。

晚春游记

作者：贺靖杰
朗诵：唐　宋

玉翠流芳墨点弦，
轻风吹柳触柔鞭。
共偕翁老游湖岸，
识笑渔人乐散眠。

THE WIND 079

观槐

作者：贺靖杰
朗诵：李 然

高枝玉露柔，
雀鸟赖梢头。
闲睹花无变，
君何赋笑愁。

中国人民大学教授赵旭东画

落叶

作者：贺靖杰
朗诵：磊　明

秋冷逢枯叶竟苍，
万山临朽腐黄扬。
杂林落草依然碧，
难见松桃奈苦霜。

驾天梁

作者：贺靖杰
朗诵：贾宏生

乌马穷翻万里空，
白梁模架分霄穹。
黑纱拢去千山里，
青彩流云尽凝融。

桃园

作者：贺靖杰
朗诵：李仓卯

空观俯仰锦山渊，
鸟尽声来惹雨迁。
闻得乡恬欢俪水，
岩高独坐望人烟。

龙岭

作者:贺靖杰
朗诵:杜 桥

山繁雾隐长,
草木失晴芳。
金漫丽丘屿,
潇风耀卷黄。

游岭

作者：贺靖杰
朗诵：王学玮

霭雾东山五岭游，
佛缘禅妙敛其愁。
正逢闷热蒸汗日，
确是今年晚到秋。

冬

作者：贺靖杰
朗诵：李 然

寒气萧宜凝郁苍，
日光朝华落金扬。
浮花落叶亲原野，
何道冬风总未常。

易西

作者：贺靖杰
朗诵：磊　明

夕尽消璜霓彩低，
半重山海化斓迷。
竖颠万阙仙云散，
倾覆东阳没谷西。

沉烛

作者：贺靖杰
朗诵：唐 宋

寂清风尽焕，
墨敛夜踪难。
殷净不知暖，
光华散广阑。

清明雨游（二）

作者：贺靖杰
朗诵：詹　泽

遥望银坯截雨欢，
近看残泥掩花难。
只惊曾有槐香落，
却为行人挡衣寒。

小园田栖

作者：贺靖杰
朗诵：磊　明

四时青陌绕枯槐，
孤败庄园北客哀。
居广远望重隐雾，
雷鸣不觉雨声来。

署苏

作者：贺靖杰
朗诵：刘向阳

桃林夏郁隅，
枝叶尽嫣殊。
呼觉惊虫唤，
生而蛰以苏。

春岸

作者：贺靖杰
朗诵：闫丽敏

春霜荫满丘，
槐柳散清幽。
风涌争河岸，
波长尽久忧。

黄水记

作者：贺靖杰
朗诵：蒋 伟

黄水泥浪沁凝灵，
浮飘宏隙几时停。
百山万冀何能阻，
浩海驱前难复青。

离恒

作者：贺靖杰
朗诵：田　华

少时光海过无程，
度别经年旧忆更。
重返求心非自觉，
散云消雾陌人生。

安徽游记

作者:贺靖杰
朗诵:宋春霞

仙山树雨绵,
翠栈巧然烟。
望谷空深静,
藏龙匿远巅。

观雪

作者：贺靖杰
朗诵：闫丽敏

余香瑟影茫，
望远满遥霜。
雪塑千城土，
更凌万寂飏。

京郊游

作者：贺靖杰
朗诵：刘向阳

北湖风海摈烟沙，
路转琴封尽岭涯。
八万草花惊笸曳，
十方无道远人家。

登启春阁

作者:贺靖杰
朗诵:田 华

幽雾浮沙瑟雨宣,
登高挽盖远城延。
翠枭林中依然在,
不觉寒霜已漫天。

清明雨游（四）

作者：贺靖杰
朗诵：贾宏生

树似虬龙结粉漪，
落花如雪染青皮。
夕存梅断寒胜苦，
何比桃芬诉暖怡。

烟火云

作者：贺靖杰
朗诵：敬一丹

烟花惊天远丽巅，
风狂扫雨北山前。
不知仙火何人纵，
灼烈青苍净宇边。

赏春

作者：贺靖杰
朗诵：宋春霞

难遇花鸣草夏雍，
粉娇绽赖彩兰重。
语中透莹蜂虫戴，
不见枯藤任古松。

凤凰吟

作者：贺靖杰
朗诵：杨 柳

寒春七里风凌野，
万草禁声木绝言。
漠止循惊琼白现，
惊天适值羽凰喧。

戏月歌

作者：贺靖杰
朗诵：詹 泽

戏望层云眺远边，
独当天地染光悬。
纵看人世千穷转，
暗淡重星隐阙烟。

杏林小游

作者：贺靖杰
朗诵：磊 明

花间脆碗两交融，
叠影凝成一颈丰。
常问翠瑶何处酿，
高擒枝上玉琉翁。

河镜

作者：贺靖杰
朗诵：李 然

舟经划动万层波，
乱漾舒开日影多。
湖镜映天青染翠，
独云戏水鲤游河。

港岛游

作者：贺靖杰
朗诵：李仓卯

晕展阳花白透烟，
初冬惜觉翠蓉绵。
碧丝芳木时常有，
难见寒霜映暖阡。

春融

作者:贺靖杰
朗诵:磊 明

岭春坡下寂山林,
雪石消融见涧音。
不觉草荫难更绿,
只叹花绽也无心。

高风

作者：贺靖杰
朗诵：王学玮

安声憩逐文，
脱动涌河纷。
清冷邀秋意，
高深寂瀚雯。

登峰

作者：贺靖杰
朗诵：郑瑞霞

环居万首苍，
无雨自清凉。
傲举临千里，
河山贯海疆。

龙巅

作者：贺靖杰
朗诵：杜　桥

曲弯层断界穹巅，
广瞰无穷沥海烟。
不见天山峰脊尽，
一人登顶万声全。

朗诵者简介

(排名不分先后)

赵忠祥,中央电视台《人与自然》主编、中央电视台主持人。1984年起先后主持过12次央视春节联欢晚会,2010年7月与朱迅搭档再次主持《动物世界》和《人与自然》。

温玉娟,中国人民解放军空军政治部话剧团国家一级演员(专业技术三级),兼任中华全国青联委员,中国戏剧家协会会员,中国电影家协会会员,中国电影表演艺术家协会会员,中国环境文化促进会理事等职,担任全军高级专业技术资格评审执行委员会委员。2018年10月12日,任中国文艺志愿者协会第二届副主席。

敬一丹,中央电视台《感动中国》主持人,1988年进入中央电视台后,曾主持《焦点访谈》《东方时空》《一丹话题》等节目。三次获得节目主持人"金话筒"奖,现任中国电视家协会主持人专业委员会主任,北京大学电视研究中心研究员,中国传媒大学客座教授。

杨柳,中央电视台著名主持人,曾先后在《新闻联播》《晚间新闻》《世界报道》《午间新闻》《新闻三十分》《环球》《春节歌舞晚会》《西部新闻》《魅力西部——春节大联欢》《音乐传奇》等栏目担任主播、主持人和编导。

詹泽,朗诵艺术家、配音演员。现任北京语言学会朗诵研究会副秘书长,文化部朗诵考级委员会考官,北京文化志愿者、詹泽文化交流中心艺术总监。曾任中央人民广播电台"夏青杯"朗诵大赛副秘书长、全国复赛评委,荣获"夏青杯"朗读大赛"伯乐奖"。

马黎,中央人民广播电台播音指导,中国互联网朗诵联盟名誉主席,2009年全国广播"金话筒"奖获得者。在中央人民广播电台担任过《新闻和报纸摘要》《各地人民广播电台联播》《阅读与欣赏》《电影录音剪辑》《文学之窗——小说、散文、诗歌》《音乐欣赏》等节目的播音及主持工作,并担任过《新鲜早世界》等节目的编辑、主持人工作。

郑瑞霞,毕业于北京广播学院(中国传媒大学)播音专业,1983年入中央电视台文艺节目中心,主任编辑,曾任多个栏目的导演、制片人。

唐宋,中央广播电视总台中央电视台《朗读者》《艺术人生》栏目配音员。

李仓卯,青年演员,四川卫视《诗歌之王》传诵季年度总冠军,中国教育电视台《中国艺考》栏目播音主持指导老师,北京市数字电视《百姓诵读》栏目制片人、主持人,"曹灿杯"全国青少年朗诵大赛评委,历届"语文朗读大会"评委,"语文朗读大会"形象大使。

李然,山西广播电视台正高级播音指导,国家级普通话语音测试员,全民悦读太原阅读会副主席,山西省朗诵艺术协会副会长,山西省语言文字委员会专家评审,山西传媒学院客座教授。

· READER PROFILE

磊明,山西广播电视台主任播音员,综合广播业务指导,山西省朗诵艺术协会副会长,中华文化促进会朗诵专业委员会理事,全民悦读山西青少年悦读会主席,山西戏剧职业学院话剧影视系客座教授,中国互联网朗诵联盟副主席。

贾宏生,主任播音员、记者、副教授、中国电视艺术家协会会员。山西省禁毒宣传形象大使,山西省电视艺术家协会理事,山西省朗诵协会常务理事,吕梁市电视艺术家协会副主席兼秘书长,吕梁电视台主播,吕梁市朗诵艺术专业委员会会长。

香香,国内一线配音人,中国内地有声制品第一梯队龙脉影艺配音团队核心成员,被业内誉为"百变女声",参与上万集动漫配音、小说演播、广告、广播剧、译制片录制。曾荣获"中国国际动漫节"声优大赛一等奖。

杜桥,著名朗诵艺术家,沈阳广播电视台资深主持人、编导。世界华语诗歌联盟朗诵委员会常务副主席兼秘书长,中国诗歌春晚执行导演,全国高校国学联盟"朗诵家诵读贡献奖"获得者。辽宁延安文艺学会朗诵艺术委员会主席、辽宁广播十佳"金话筒"。

王学玮,山东人民广播电视台主持人,先后主持过《说道说道》《齐鲁金融》《开心到家》《齐鲁创业》《山东中小企业之声》等多档栏目,作品多次获奖,节目深受欢迎。

蒋伟,中国互联网朗诵联盟副主席,山东广播电视台广播经济频道、山东《新闻大屏幕》主持人。

刘向阳,广西广播电视台知名记者、配音员,中华文化促进会广西朗诵专业委员会会员。曾获河南人民广播电台河南省庆祝新中国成立50周年诗文朗诵大赛一等奖。

闫丽敏,知名主任播音(副教授)。原山西人民广播电台播音员;现大同电视台第一任播音负责人、编导、制片人。

田华,山东临淄知名节目主持人、播音员,中国互联网朗诵联盟副主席。从业26年来,多部作品在国家级专业评比中获奖。

宋春霞,知名朗诵家,笔名青青,吉林省全民阅读协会副秘书长,朗诵专业委员会副会长兼秘书长,吉林省朗诵艺术学会秘书长,吉林省曲艺家协会会员。

· READER PROFILE

书名题写者简介：

孙晓云

中国书法家协会副主席
江苏省书法家协会主席
江苏省文联副主席
江苏省政府参事
享受国务院特殊津贴
中央美术学院博导

绘画者简介：

刘宁生

中国美术家协会会员
山西省美术家协会会员
中国电力美术家协会会员
民建中央画院院士
山西民建画院副院长

微信公众号听诗